TOUT SEUL !

La sortie au zoo

Écrit par Clémence Masteau
Illustré par Caroline Modeste

AUZOU *premières lectures*

Aujourd'hui, la classe des CP passe
la journée au zoo.
Le car s'arrête devant le parc.

« Nous sommes arrivés, les enfants,
dit Marie, la maîtresse.
N'oubliez pas votre sac à dos. »

À l'entrée, le gardien parle à la maîtresse.
Derrière sa moustache, l'homme n'a pas
l'air commode. Marie et les enfants
le suivent jusqu'au préau.
« Pour visiter, nous allons laisser nos sacs
ici, dit la maîtresse. Nous reviendrons
les chercher pour pique-niquer. »

Les sacs à peine posés, Salomé s'écrie :
« Venez voir ! Le bébé kangourou est
dans la poche de sa maman ! »

Un peu plus loin, Oscar admire les
flamants roses. Le reste de la classe court
de l'autre côté de l'allée. Ils ont vu
le tigre ! Oscar n'ose pas s'approcher...
« Tu peux venir, le rassure Salomé.
Il est couché dans sa cage. »
Pas si féroce, l'animal...

La matinée passe très vite.
C'est passionnant d'admirer les oiseaux,
les serpents et les éléphants !

La maîtresse appelle les enfants.
Elle va vers la sortie du zoo.
« Et les zèbres, et les girafes ?
Nous n'avons pas tout vu »,
dit Oscar, étonné.

Mais la visite n'est pas terminée.

C'est juste le moment de pique-niquer.

Chacun reprend son sac. Salomé, elle, se met à pleurer : le sien a disparu. Pendant que les enfants s'installent, Marie va chercher le gardien.

Oscar propose à Salomé de partager
son déjeuner.

« Je suis sûre que le gardien l'a pris.
C'était le plus joli... », dit la petite fille
toute triste à son ami.

La maîtresse revient seule car
le gardien est occupé.

« Tu as raison… Il n'ose pas revenir »,
chuchote Oscar.

Le pique-nique est fini. Les enfants
vont bientôt reprendre la visite.
Soudain, le gardien arrive.
« Mon sac ! » crie Salomé rassurée.

L'homme tient aussi un petit singe en laisse.
« Ouistiti s'est échappé, explique-t-il en
souriant. Il a volé ton sac et il a mangé
ton pique-nique. J'ai eu du mal
à le rattraper car il était bien caché... »

Cette journée au zoo
était pleine de surprises.
Oscar et Salomé l'ont adorée !

1 Sais-tu remettre l'histoire dans l'ordre ?

Le gardien revient avec Ouistiti et le sac.

Le car s'arrête devant le zoo.

Chacun reprend son sac.
Il manque celui de Salomé.

Les enfants admirent les animaux.

Les CP posent les sacs sous le préau.

Oscar partage son pique-nique avec Salomé.

2 **Peux-tu répondre à ces questions ?**

🟨 Comment les enfants arrivent-ils au zoo ?

🟨 De qui Oscar a-t-il peur ?

🟨 La visite du zoo est-elle terminée au moment du pique-nique ?

🟨 Qui va chercher le gardien ?

3 **Sais-tu retrouver l'image qui va avec chaque phrase ?**

Chacun reprend son sac.

Le tigre est couché dans sa cage.

Marie va chercher le gardien.

Oscar et Salomé se tiennent la main.

LES JEUX D'OSCAR ET SALOMÉ

4 **Mais qu'est-ce que ça veut dire ?**

■ L'homme n'a pas l'air **commode.**

Il est très **méchant**.
Il semble **sévère**.
Il est très **fort**.

■ Pas si **féroce,** l'animal.

Pas si **fou**, l'animal.
Pas si **calme**, l'animal.
Pas si **violent**, l'animal.

■ Il n'ose pas venir, **chuchote** Oscar.

Il n'ose pas venir, dit **lentement** Oscar.
Il n'ose pas venir, dit **tout bas** Oscar.
Il n'ose pas venir, dit **très fort** Oscar.

■ Le **gardien** parle à la maîtresse.

Le policier parle à la maîtresse.
Celui qui surveille le zoo parle à la maîtresse.
Celui qui nourrit les animaux parle à la maîtresse.

Les RÉPONSES DES JEUX sont dans l'histoire.
Fais-toi aider par un adulte pour les retrouver !

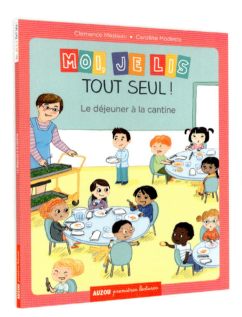

Le déjeuner à la cantine

Aujourd'hui, Oscar déjeune à la cantine pour
la première fois ! Il n'est pas très rassuré :
c'est bruyant, tout le monde s'agite
et si jamais il n'aimait pas les plats ?
D'autant que la dame de la cantine
n'a pas l'air gentille...
Heureusement, Salomé est là pour le guider !

TOUT SEUL !

La sortie au zoo

© 2015, éditions Auzou
24-32 rue des Amandiers, 75020 PARIS

Direction générale : Gauthier Auzou
Responsable éditoriale : Maya Saenz-Arnaud
Création graphique : Alice Nominé
Responsable fabrication : Jean-Christophe Collett
Fabrication : Bertrand Podetti
Correction : Marjolaine Revel

Produit conçu et fabriqué sous système de management
de la qualité certifié AFAQ ISO 9001.